VENTE LE 26 MARS 1868

BELLE COLLECTION

D'OBJETS D'ART

ET

CURIOSITÉS

<table>
<tr><td>Me Philippe Lechat</td><td>M. OPPENHEIM</td></tr>
<tr><td>COMMISSAIRE-PRISEUR</td><td>EXPERT</td></tr>
<tr><td>Rue Saint-Lazare, n° 64.</td><td>Boulevard Saint-Martin, n° 2.</td></tr>
</table>

PARIS — 1868

RENOU & MAULDE

IMPRIMEURS DE LA COMPAGNIE DES COMMISSAIRES-PRISEURS

Rue de Rivoli, 144.

CATALOGUE
D'OBJETS D'ART

ET

CURIOSITÉS

PARMI LESQUELS FIGURENT NOTAMMENT

PLUSIEURS PIÈCES IMPORTANTES D'ORFÉVRERIE DU XVIᵉ SIÈCLE

UNE PAIRE DE CHENETS ITALIENS TRÈS-CURIEUSE

Portant les armes et la devise des Princes de Trente,

Un très-beau RÉGULATEUR Louis XIV

PROVENANT DU CARDINAL LA LUZERNE

**Belles Faïences d'Urbino, Castelli & Nevers,
Vases en porcelaine de Sèvres;
Porcelaines de la Chine & du Japon;
Bijoux & Émaux;
Ivoires, Cristaux de roche; Boîtes en laque;
Vitraux, — Bronzes;**

ARMES ANCIENNES

Dont la Vente aux Enchères Publiques aura lieu

HOTEL DROUOT

GRANDE SALLE Nº 2

Le Jeudi 26 Mars 1868, à une heure et demie.

Par le ministère de Mᵉ **Philippe LECHAT**, Commissaire-Priseur,
rue Saint-Lazare, 64,

Assisté de M. **OPPENHEIM**, boulevart Saint-Martin, 2,

Chez lesquels se délivre le présent Catalogue.

EXPOSITION PUBLIQUE

Le Mercredi 25 Mars 1868, de 1 heure à 5 heures.

———

PARIS — 1868

CONDITIONS DE LA VENTE

La Vente aura lieu au comptant.

Les Acquéreurs paieront en sus des adjudications, CINQ POUR CENT applicables aux frais.

La Collection que nous mettons en vente aujour-
d'hui attirera, nous n'en doutons pas, le Public
intelligent des vrais Connaisseurs.

Sans vouloir en faire l'éloge outre mesure, nous
pouvons déclarer qu'elle contient plusieurs Objets de
premier ordre et qui feront l'honneur d'une
galerie.

Les Orfévreries, en général d'une conservation
parfaite et d'un charmant travail;

La paire de Chenets datés de 1531, belle époque
de la Renaissance;

Le beau et curieux Régulateur de Boulle, si
simple et si complet néanmoins;

Et quantité d'autres Curiosités que l'on trouvera
décrites ici, méritent à juste titre de fixer l'attention.

DÉSIGNATION

Orfévreries.

1 — Très-belle Aiguière et son Plat de support en argent repoussé et finement ciselé, représentant des scènes du déluge.

Aiguière : Sur le couvercle, orné de godrons séparés par des perles repoussées, Noé à genoux remercie Dieu de sa protection. — Sur la panse, d'un gracieux ovale au milieu des flots indiqués par des dauphins, deux médaillons représentent l'Arche d'un côté flottant sur l'onde, de l'autre s'emplissant de divers animaux.

Le plateau représente les hommes engloutis par le déluge, et dans des attitudes désolées et suppliantes; ce beau travail rappelle l'Enfer de Michel-Ange.

Ces deux pièces importantes sont datées du xvie siècle et armoriées.

2 — Vase octogone en argent repoussé et ciselé; l'anse, d'un joli travail, est soutenue par deux cariatides du meilleur style; les frises sont d'un bon travail (xvie siècle).

3 — Beau Plat en argent repoussé et ciselé, d'un travail français; bon style Louis XIV; à l'ombilic, une scène de vendanges; le marly est richement orné de figures d'Amours dans des entrelacs d'un goût charmant; conservation parfaite.

4 — **Beau Plat** en argent repoussé et ciselé.

Au milieu de mascarons à personnages, de fleurs et de fruits, une femme présente des raisins à un homme assis. — Conservation parfaite.

5 — **Plat en argent repoussé et ciselé.**

Dans un intérieur, près d'une cheminée, un homme lève son verre pour boire à la santé d'une dame assise auprès de lui. — Au marly, fleurs et fruits. Très-bonne conservation.

6 — **Plat en argent repoussé et ciselé. Vulcain dans sa forge.** — Marly orné de quatre figures d'Amours se jouant parmi des acanthes.

7 — **Pendant du précédent.** Neptune conduisant son char.

Mêmes décors au marly.

8 — **Plat en argent repoussé et ciselé; Amours jouant entre eux.**

Au marly, fleurs et fruits.

9 — **Pendant du précédent.**

10 — **Choppe, avec couvercle**, en argent repoussé et ciselé.

Portraits à mi-corps.

11 — **Très-petite Aiguière en argent fin Louis XVI.**

12 — **Beau calice du XV**e **siècle**, en argent repoussé et ciselé.

13 — **Très-belle et curieuse paire de Chenets italiens.**

Ces pièces sont d'une très-riche ornementation. Elles ont été fondues à terre perdue, et portent les armes et la devise des princes de Trente, pour lesquels ils ont été exécutés en 1537.

Hauteur, 1 m. 56 c.

14 — **Beau Régulateur Louis XIV** en ébène incrusté de filets.

Richement garni de bronzes de Boule, finement ciselés et dorés.

Mouvement inventé par Julien Leroy, 1736.

Provient du cardinal La Luzerne.

Faïences.

15 — **Belle Coupe en faïence d'Urbino.**

L'ombilic est orné d'ovales en relief, le dessous de dessins imitant la faïence de Perse.

16 — **Plat en faïence d'Urbino**, représentant l'Arrivée de César en Égypte.

Au revers : *Chome Cesaro ando in Egitta.*

17 — **Belle Plaque en faïence de Castelli.**
Moïse frappant le rocher.

18 — **Belle Plaque en faïence de Castelli.**
Saint Joseph.

19 — Plat en faïence d'Urbino, à godrons en relief.

20 — Belle Jarre en faïence sicilo-mauresque.

21 — Grand Plat en faïence de Nevers.

Au centre, le Christ amené devant Caïphe. Le marly est orné de mascarons dans le style de Raphaël; cette belle pièce réunit les caractères italien et français des premières années de la fabrication nivernaise.

Porcelaines.

22 — Deux beaux et grands Vases en porcelaine de Sèvres, pâte tendre.

Forme Médicis, ornés de deux charmants portraits, miniature en grisaille.

Signés DAGOTY.

23 — Deux beaux Vases en porcelaine de Chine.

Décors à personnages; montés en bronze doré et formant candélabres.

Marbres.

24 — Statuette de femme en marbre blanc.
Charmante sculpture italienne.

25 — Deux Statuettes couchées.
Jupiter et Diane. — Forment pendants.

26 — Grande et belle Cheminée en onyx.

27 — Belle colonne en onyx.

28 — Deux Vases en onyx, ornés de bronze doré.

29 — Coupe en onyx.

Bijoux.

30 — Montre en or Louis XV, gravée et ciselée, ornée d'un joli émail, représentant la Séduction de Pomone par Vertumne.

31 — Autre Montre en or Louis XV, avec émail fond blanc, ornements en or de couleur.

32 — Montre Louis XVI, ciselée et agrémentée en or de couleur.

33 — Montre ovale en argent, finement gravée.

34 — Tabatière Louis XVI, en roche de jacinthe, ovale, montée en or de couleur finement ciselé.

Pièce très-rare.

35 — Tabatière Louis XVI, de forme carrée, en agate verte montée en or.

36 — Tabatière ovale en écaille burgautée et incrustée de personnages et ornements en or de couleur.

37 — Tabatière Louis XV en ivoire sculpté, montée en argent, ornée à l'intérieur d'une miniature dans sa gaîne en cuir gaufré et doré.

38 — **Joli Coffre de forme carrée,** supporté par des boules, **en quadrilles d'agate orientale,** montée en argent; époque Louis XIII.

39 — **Salière en argent** supportée par trois figurines.

40 — **Broche et Boucles d'oreilles en malachite sculptée:** montées en or.

Travail italien.

41 — **Deux Bagues or,** dont l'une montée **en brillants,** et un **Porte-Crayon** en or.

Bronzes.

42 — **Daphnis et Chloé.**

Joli bronze finement exécuté, monté sur socle doré, support en marbre vert-de-mer.

43 — **Beau Buste de Charles-Quint,** orné d'une couronne de laurier et de l'Ordre de la Toison-d'Or, en doré ménagé; monté sur socle en marbre rouge des Pyrénées.

44 — **Encrier italien** du xve siècle, aux armes des Borgia, supporté par trois lions; extrêmement fin de travail.

45 — **Satyre en bronze,** monté sur marbre.

Armes.

46 — Épée à branches, richement incrustée de personnages et de rinceaux en argent.

La lame à jour est également incrustée; très-belle pièce.

47 — **Paire de Pistolets**, montés en argent ciselé; canons damasquinés en or.

48 — **Petit Pistolet à rouet italien**, bois incrusté d'ivoire.

49 — **Curieux Poignard indien**, lame en damas, fourreau garni d'argent très-finement ciselé et découpé à jour; manche en ivoire.

50 — **Belle Poire à poudre**, en bronze doré repoussé et ciselé, d'un très-bon style.

51 — **Drageoir en fer repoussé et ciselé à jour.**

52 — **Gaîne contenant une fourchette, une pointe et un couteau.**

Émaux.

53 — **Très-belle Plaque par Kypp.**

Grisaille sur fond représentant un Sacrifice; riche composition du plus beau faire du maître; au revers, elle est poinçonnée.

54 — **Flambeau grisaille teintée**, par Pierre Rex-
mond.

55 — **Reliquaire**, forme Tombeau, **en émail**.
Personnages en relief avec cabochons de couleur.

56 — **Étui en émail de couleur**, sur fond blanc.

Ivoires.

57 — **Amorçoir en ivoire sculpté**, orné d'armoi-
ries et d'un trophée du xvie siècle.

58 — **Plaque de diptyque**, en ivoire sculpté.

59 — **Statuette en ivoire**.

60 — **Petite Buire sculptée**.

61 — Un lot de petits Objets, Manches, etc., en ivoire
sculpté.

Curiosités.

62 — **Coffre carré en bois noir**, orné de plaques repoussées, ciselées et argentées.

63 — **Beau Bénitier en jaspe fleuri**, encadré de
nacre et de coraux.

64 — **Coffret Louis XIII**, fond vert à compartiments,
orné de cuivres.

65 — **Autre à fond rouge**, à tiroirs également ornés de cuivre.

66 — **Autre Coffret Louis XIII**, en cuir gaufré et doré.

67 — **Beau Vitrail ancien**, avec personnages.

68 — **Autre**, également avec personnages.

69 — **Écran en tapisserie au petit point** (Louis XIV).

70 — **Trois jolis Puppazis en bois sculpté**, revêtus de costumes italiens.

71 — **Belle Mosaïque**, de Florence.
> Grande composition; ville et personnages dans son cadre.

72 — **Croix en marqueterie d'étain, cuivre et écaille**, figures en ivoire.

Chinoiseries.

73 **Petit Brûle-parfums en émail cloisonné**, garni de bronze doré et orné de turquoises.

74 — **Cristal de roche.**
> Deux lions jouant avec une boule.

75 — **Cristal de roche;** vase orné de feuillage avec branches évidées dans la masse; sur socle.

76 — **Jolie Boîte en laque d'or.**

77 — **Boîte en laque rouge**, burgautée d'or.

78 — **Autre Boîte longue**, aussi en laque.

79 — **Dragon en bois sculpté.**

80 — **Vase en bronze**, pieds à trompe d'éléphant; socle et couvercle en bois sculpté.

81 — **Deux Figures en pierre de Lard;** Mandarin et Mandarine sur socle en bois sculpté.

82 — **Groupe de deux Figures en pierre de Lard.** Même sujet sur socle en pierre de Lard.

83 — **Un lot d'Objets mexicains**, en terre.

84 — Sous ce numéro, seront compris les Objets omis.

Renou et Maulde, Imprimeurs de la Compagnie des Commissaires-Priseurs, rue de Rivoli, 144.   12533